KB110916

커피 내리는 아침

소통과 힐링의 시

커피
내리는 아침

박순옥 시집

소통과 힐링의 시

커피 내리는 아침

초판 인쇄 | 2016년 12월 26일
초판 발행 | 2016년 12월 28일

지은이 | 연심 박순옥
펴낸곳 | 출판이안

펴낸이 | 이인환
등   록 | 2010년 제2010-4호
편   집 | 이도경, 김민주
주   소 | 경기도 이천시 호법면 단천리 414-6
전   화 | 031)636-7464, 010-2538-8468
팩   스 | 070-8283-7467
인   쇄 | 세종피앤피
이메일 | yakyeo@hanmail.net

ISBN : 979-11-85772-40-0 (03810)

「이 도서의 국립중앙도서관 출판예정도서목록(CIP)은 서지정
보유통지원시스템 홈페이지(http://seoji.nl.go.kr)와 국가자료
공동목록시스템(http://www.nl.go.kr/kolisnet)에서 이용하실
수 있습니다. (CIP제어번호 : CIP2016030672)」

값 11,500원

서시

내게
늘
힘이 되어주는

당신이 있어
행복합니다

1부

당신이 좋아요

3부

짝사랑은 이제 그만 할래

4부

우리 지금 따뜻한 커피 한 잔 해요

5부

내 안의 그대를 만나기 위해

6부

내가 그대인 줄 모르고

내가
그대의 따뜻한 커피가
되어주고 싶어

우리 지금
입맞춤 해요

1부

당신이 좋아요

당신이 좋아요

빛이 고운 날
당신을 닮은
커피, 잔에 입맞춤합니다

당신을 닮은
커피 향기에 마음을 담습니다

커피도 좋지만
그만큼 당신도 좋으니까요

커피

참 좋다

너의 유혹에
나날이
행복이다

커피2

우리 오늘
몇 번 만났지?

대답이 없다

뽀뽀는 몇 번이나 했을까?
한 번 더 묻는다

그저 말 없이
향기만
보내는 그대

커피3

그대는
내게 주는
부드러운 사랑

그대는
내게 주는
변함없는 사랑

너하고 나만 아는 기쁨
나하고 너만 아는 행복

그대!
나와 둘만의 기쁨

그대에게

방금 내린 원두 향기
온몸을 감싸 안고
내 마음 돌고 돌아
그대 심장까지

당신 사랑에

오늘 아침
당신 사랑에
입맞춤합니다

한 잔의 커피를 타 놓고
그대 그리움을 보냅니다

그대 사랑
향기 따라 솔솔

당신 사랑도

물감을 뿌린 듯
유난히도 파란 하늘
붓으로 당신 모습 그려놓고
입맞춤합니다

커피에 그대
올 때보다 더 고운
빨강 노랑 가을을 타 놓고
깨알 같은 내 사랑도
향기 위에 실어
당신한테 보냅니다

당신 사랑도
내게 보내 줄 거죠?

그대가 건네 준 커피

사랑으로 데웠네
맛과 향이
식을 때까지
들여다보다
그대가 돌아 올 때까지

한 잔을 마시더라도
특별하게 마시고 싶어
그대와 마주 앉아
다시 뜨거워질 때까지

그대 사랑도

마지막 여름
불볕 더위 이어지고
마음까지 더워
활활 타는 날

한 잔의 냉커피가
몸을 시원하게 해준다

그대 사랑도
냉커피 닮은 사랑으로

시치미

땅만 내려다보고 걷는 순간
바람에 담겨 살며시 다가온
당신의 향기에
내 마음 콩닥콩닥

콩닥거리는 소리
당신한테 들릴까 봐

시치미 뚝 뗀 채로
땅만 보고 걷는 오후

가을향

커피에서 나온 향기
가을꽃의 향기 같다

천천히 다가와
몸속으로 스며드는

그대 사랑처럼

니캉 내캉

니캉 내캉 마주 앉아
커피 두 잔 나란히 놓고
달콤한 사랑 나누는 오후

니도 한 스푼
내도 한 스푼

니캉 내캉
오손도손 다정히
커피 마시는 행복

프로포즈

오늘
내가
너에게
프로포즈를 한다

우리는
함께 해야 하는 날들이
수없이 많은 사이

향기가 좋고
느낌이 좋고
난 항상 너를 사랑해

남녀의 향기

내 곁에
서성거리고 있는 너
어쩌면 좋을까

미워할 수도 없고
뿌리칠 수도 없고

너에게서 나오는 향기에
지금도
내 마음이 끌려간다

너는 남자 해
나는 여자 할게

찬바람 속에 친구가

매서운 칼바람 불어와
순식간에 내 얼굴 감싸더니
입술까지 훔치고 달아난다

손을 뻗어 잡아보려 애쓰지만
손가락 사이로 빠져나간
따뜻한 커피 한잔 들고
그대를 기다리는 마음

찬 바람 속
오랜만에 친구가
커피 들고 찾아온 날

친구가 찾아왔다

나는
너의 이야기를 들어주고
너는
나의 이야기에 끄덕이고

커피를 시켰다
자기가 시켜 놓고
우리 이야기 듣느라고
다 식었다

그래도
행복한 우리!

한겨울에

아침 일찍
창가에 서면
뽀얀 김이 서리는 겨울

커피 향이
코끝에 닿으면
나도 모르게 눈을 감는다

향기롭다
커피가 사람한테 주는
아름다운 선물

선물로
따뜻한
봄기운을 얻는다

커피 여인

아침이 되면
커피 속에서
커피를 좋아하는 여인을 만난다

커피 속에
나를 담아 놓고
향을 느끼면서
그 여인과 사랑을 속삭인다

사랑한다고
사랑했다고

입맞춤

꽃잎에 입맞춤 하듯
커피에도 입맞춤 한다

왜?
꽃이 아닌데

바보
향기가 퍼져
사랑의 꽃을 피우니까

아침을 깨우는 소리

커피가 내려지는 소리
리듬을 타고
향기를 건넨다

너는 아침이면
나에게 다가와
마음 흔들어 놓고
허공에 흩어져 사라져 버리는
너
커피 너

카멜레온 커피

오늘도 사람을 반긴다

남녀 구분 없고
인종 차별도 하지 않고
누구나 반기는 커피!

집에서는
태희표 커피
김태희처럼 마시고

사무실에서는
연아표 커피
김연아처럼 마신다

하지만
분위기 좋은 카페에 가면
막 내린 커피를 마신다

난
아직은
신세대

참 좋다

너의 유혹에
나날이
행복이다

커피 힐링

커피가 내려지는 소리가
리듬을 타고
가슴 깊이 전해져 오며
부드러운 향기를 남긴다

답답한 가슴
흐르는 눈물
소리 없이 전하고
향기로 적신다

너는 그렇게 나에게로
매일 아침 다가와
내 마음 흔들어 놓은 채
한없이 스며든다

나는
너의 이야기를 들어주고
너는
나의 이야기에 끄덕이고

2 부

우리 서로
없어서는 안 될 사이

콩닥콩닥

갓 내린 원두 향기
온몸을 감싸 안고
콩닥콩닥 뛰는 심장
내 마음 돌고 돌아
그대 심장까지

아이 좋아

모락모락 피어나는 향기
잔 속에 그대 닮은 해님이
웃고 있네요

창가에 비추는 해님
내 얼굴에 부비며
환하게 웃고 있네요

그대 그리워
그대 몰래 준비한 잔에
나 몰래
누군가 데려다 놓았나 봐요
아이 좋아

첫사랑 커피

그저께 보고
어제 만나고
오늘 또 마주하고 있는 너

너는 첫사랑
시간이 지나도
언제나
나의 첫사랑

커피는 나의 꽃

커피는
나의 꽃입니다

커피는
내가
기다리는 당신입니다

연인

커피와 물의 만남
우린 서로
없어서는 안 될 사이
우리 지금 그런 사이
연인 사이

요술 커피

꽃잎을 띄우면
꽃물이 들고

사랑을 담으면
사랑을 이루는

세상에
이런 커피가 있나요?

온정

추운 겨울
마음 속까지
찬바람 스며드는 날
온 몸 녹여주는 커피

그대 따뜻한
사랑 같은 커피!

행복

이른 아침
앞집 옥상위로
살짝 내미는 해님
환하게 미소 짓는 얼굴이
오늘 따라 더 빛나 보입니다

하루 채워진 삶에 시간표도
해님이 함께 웃으면서
마음을 위로해줍니다

커피!
그대 만날 생각에

커피 있음에

내게
늘
힘이 되어주는 당신

고맙습니다
커피!

커피 있음에2

커피!

오늘처럼 비가 내리는 날에도
누군가가 그리울 때도
마음이 우울할 때도
커피를 마신다

그리움과
외로움이
맞잡은 손을
커피로 달랜다

커피는 예술가

하루에도 몇 번씩
변하는 그녀 마음
잔 속에
예쁜 하트 띄워주니
토라진 마음
사르르 녹아내린다

하루에도 몇 번씩
변하는 사람 마음
커피의 맛도 향도
입맛에 따라
변화시키는
커피는 예술가

응원군

가끔
무서움이 엄습해 올 때는
커피로 용기를 얻는다

외로움이 밀려와도
커피를 마신다

슬플 때는
커피로
내 마음을 토닥토닥

연결고리

너 때문에
오늘도 커피를 마신다

내가 마신
이 한 잔의 커피가
너와 나의
연결 고리가 되고 있다

차마 너에게
표현하지 못한 사랑
차마 꺼내지 못한 말
커피가 들려준다

참 좋은 연결고리

근심 지우기

커피는
만나는 순간순간
근심을 지워준다

그대가 그렇다
함께 하는 그대가
그렇다

꽃을 피우는 아침

커피가 꽃을 피웁니다

산에도 피는 꽃
들에도 피는 꽃
길가에도 피는 꽃

모여 모여
내 안에
꽃밭을 만듭니다

그대 생각하며
마신 커피가
여기저기 꽃으로 핍니다

나를
꽃밭이게 합니다

꽃

커피가 어떨 때는
하얀 구름처럼
바람에 밀려간다

피어나는 하얀 향기가
바람 등 타고 날아가면
그 위에
나비가 앉는 것 같다

나는 꽃이 되고
커피는 꽃을 피우고
앉은 나비도
마냥 즐겁다

친구 같은 커피

갑자기
무서울 때
커피를 마신다

외로워도
커피를 마신다

내 기분
제일 잘 알아주는
친구 같은 커피

향에 취해

커피 너
참 향기롭다

잔 속에서
피어나는 향기 꽃

하얀 드레스 입은
여인처럼 우아하다

내 눈에
보이는 네 모습이 그래

커피 향기

향기가
나의 마음에 비집고 들어가
심장에 파문을 일으키고

재빨리 마음 밖으로 나가
허공을 향해 사라진다
잡지 못하는 짧은 사랑

꽃향기 닮았다

커피에서
풍겨 오는 향기
꽃향기 닮았다

천천히 다가와
온몸으로 퍼져 나가는
은은한 그대 사랑이기에

치명적 매력

하루에도 몇 번씩
변하는 그녀 마음

커피, 잔 속에
사랑 한 묶음 동동 띄워
그녀에게 건네주자
뚱한 얼굴
금방 환해진다

하루에도 몇 번씩
변하는 사람 마음처럼
커피의 맛도
사람마다 차이를 느낀다

그래서
커피를 좋아하는 사람들이
갈수록 늘어난다는 사실

얼음 커피

검은 알갱이
곱게 갈아 컵에 넣고

투명한 얼음 동동 띄워
내 사랑 건네주니

그대 뜨겁게 타오른 마음
적당히 달래주는

고마운 얼음 커피

위대한 눈물

오늘
마시는 커피에서
그윽한 향기 대신
위대한 향기가 납니다

매일
마시는 커피가
쓰디쓴 맛을 남기고
다시 입안으로 올라옵니다.

그렇게
맛있던 커피가
오늘은 황홀한 슬픔으로
커피잔을 가득 채웁니다

*암 선고 받은 사실을 숨기고 아들 결혼식 날에 눈물 흘리는 친구를
보고….

샘 같은

자기 지금 뭐 해?

커피
향이 저쪽에서 부른다

혹시 내 생각?

마시고 싶은
생각에 자꾸만 망설인다

잊지 마
언제나 내가 옆에 있잖아

그래 맞아 말하지 않아도 향기로
느낄 수 있는

바로 샘 같은
너
커피!

천천히 다가와
온몸으로 퍼져 나가는
은은한 그대 사랑이기에

3 부

짝사랑은
이제 그만 할래

봄날에

꽃향기
커피 향기
그대 향기까지

봄인데
어쩌면 좋지?

행복 만점

커피 내리는 소리가
리듬을 타고
부드러운 향기를 남긴다

오늘도
행복 만점
가보나마나
기쁨 만점

기억

활짝 열어봅니다
커피와 함께
마음 안의 대문을

오늘 보낼 또 하루가
삶의 향기가 되고

가는 곳마다
만들어 내는 흔적들이
기억에 저장됩니다

커피 속에
피어나는 우리에
사랑처럼

기다리는 아침

그대
만나고 싶어
아침을 기다리고
커피를 내린다

그렇게 커피와 아침을 열고
이렇게 커피를 마시며
하루를 시작한다

우아한 갈색 향기에 반해서

찻집에서

여기저기 앉아 마시는
찻잔에 담긴 향기가
우울한 마음을
기분 좋은 마음으로
바꾸어 준다

짧은 시간이지만

그대랑

커피는
향기 담고 있지만
혼자 앉아 마시면
외롭다

함께 마시면
마실 때마다
숨은 행복 꺼내 주는
커피

내 커피

짝사랑

따가운 햇볕 쏟아지는 오후
카페 창가에 앉고 보니
그대는 없고
그대 닮은 탁자뿐

타는 마음 진정시키려
주문한 냉커피

차가운 커피
따뜻한 키스 퍼부었지만
끝내 나타나지 않는 그대

짝사랑은
이제
그만 할래

너도 나도

소소한 일상
커피 마시면서 나누고
커피 마시면서 생각한다

나도 그렇고
너도 그렇게

눈물

커피 한 잔에
눈물이 담겼다
찻잔 속에 담긴 얼굴
삼십 년 지기
친구의
암 선고
내 눈물 담은 커피!

무상 집 한 채

누가 내 마음 속에
무상으로 집 한 채
지어준 적이 있었던가?

아무도
지어주지 않는 그런 집

매일 아침
만나는 커피라는 그대

찻잔 속에
모락모락 피어나는 향기가
집 한 채를 선물로 준다

내 마음이
쉴 수 있는
멋지고 편안한 집!

어쩌지?

커피 생각
그대 생각
커피 생각
그대 생각

둘 다
많이 난다

어쩌지?

비밀

시인의 향기에
커피 향기를 더하고
가을 향기를 곱하고
그대 향기까지 추가해서
어제보다 더 부드럽고
어제보다 더 향기로운
커피를 마시는 이유?

쉿
비밀이야

일심(一心)

내 마음은
둘이 아니고
하나이다

커피 앞에서
네 생각 앞에서

바람난 커피

봄이다
꽃피고 바람 부는
봄이다

커피 향기도
봄바람 따라
솔솔
넘치는 아침

카푸치노

달콤하다
그대가 가져온 맛
내 심장에 심쿵

파도가 밀려와
바위 품에 안길 때
생기는 하얀 물거품처럼

마음에
철썩이며 향기만 뿌린다

그런 너

손만 내밀면
닿을 수 있고
생각만 하면
만날 수 있는 너

그런 너!

함께 할 때마다
속삭이고
만날 때마다
기쁨을 주는

너
그런 너!

우리

커피를 마신다
서로가
서로에게
사랑을 확인하는 시간!

커피는
나에게 너
나는
커피에게 너

바로 우리
커피!

어쩌면 좋을까요?

봄이 왔습니다

꽃향기
그대 향기
커피가 데리고 왔습니다

그대 생각 더 나게
앞세우고 왔습니다

어쩌면 좋을까요?

커피가 글쎄

커피, 잔에서
향기가 눈물이 된다

비가 된다

그대 그리운 만큼
깊은 향기가 날
커피가 되게 한다

어쩌면 좋지!

비오는 날

있잖아!

이런 날은
내가
커피가 되고 싶어

오매불망

커피
너만 간직한 매력

아침이면
나는 마음속 커피 가게 문을 연다

밤새 너를 못 잊어 뒤척이다가
뜬 눈으로 밤을 새웠다

너를 몸속에 저장해 두었다가
가끔 꺼내볼 수 있으면

그건 안 되겠지?

더치 커피

1초에
한 방울
똑
똑

그대 눈물 같은 커피!

까만 동공에 맺힌 이슬처럼
슬픈 추억이 밤새도록
방울방울

그대
만나고 싶어
아침을 기다리고

4부

우리 지금
따뜻한 커피 한 잔 해요

비

밤새 머무는 그대가
창문을 두드린다
그대도

커피 향기 그리운가?

보고 또 봐도

당신과 마주 앉아
커피를 마시는 날
그대 가슴에 담겨
그리움을
그대 따라 보내고
아쉬움만 돌아온 날

그대 그리워

몰래 준비한 잔 속에
그대가 웃고 있네

창가에 비추는
햇빛 따라 들어갔나

모락모락 피는 향기 속에
하루가 담긴 오늘 아침

그리움

커피를 마실 때마다
눈을 감는다

내 안의 그대
보고 싶은 마음 지워 보라고

더 보고 싶어지는 마음
그것도 모르고

그리움2

향기가 밀려옵니다
마음이 불안해 집니다
웬일일까요?

그대
내게 오던 걸음 멈추고 사라질까 불안합니다

그냥
커피나 마셔야겠습니다

그대 그리워지면

길을 걷다가
그대 그리워
자판기 앞에 섰습니다

그대가
기다리는 것 같아
커피를 꾹 눌렀습니다

그리움처럼
나왔습니다

따뜻한 미소가
보고 싶었습니다

추운 날2

아이 추워!

마음이 추운 날
따뜻한 커피 한 잔이
온몸을 녹여주니

따스함이 내게 전해져
내 몸도
사랑으로 데웁니다

그대가
그립습니다

찻잔에 그리움 담아

그리움을 잔에 담아
온 집안 향기로 채워주는
그대!
입에 꽂은 USB 소리꾼
명쾌한 음악 보따리 풀어 놓는다

가슴 한 쪽
품고 사는
그리움을 뱉는 소리
이제는 사라져간 날들이
기다려도
돌아오지 않는 연정

슬픔만 남겨둔 채
그리움만 두고 가는
향기
찻잔 앞에 혼자 앉아
위로받고 있네

그리워 그리워

커피가 생각난다 해서
커피 한 잔 건넸습니다

맛부터 본다고 해서
컵에 담아 건넸습니다

커피 향기 취해서
살포시 눈을 감아봅니다

그대 미소가 보입니다

향기 나는 종착역

너와 나
함께 가는 종착역은
똑같다

어제도
오늘도
우리 가는 길에
향기가 난다

마음에도
생각에도
그리움처럼 담겨서 간다

자판기

동전 한 개
밀어 넣고
내 마음 들이댔다

그대 향기 담긴
종이컵
쪼르륵 달려 나온다

내 마음 받아 들고
그대
생각 솔솔

그대 그립게

봄이다
잔치가 열렸다

여기도 꽃
저기도 꽃
커피 향기처럼

부드러운 향기가 난다
그대 그립게
더 보고 싶게

그대 어디 있나요?

커피 잔 속에
멋지고 다정한
모습 그려 넣었습니다

T 숟가락 얹어놓고
마음에 다리를 만들어
불러보았습니다

커피, 잔을 내려놓고
다시 한 번 불러도
메아리만 칠뿐입니다

그대
어디에 있나요?

영원한 애인

우두커니 앉아
허공을 바라보면
뿌옇게 서리는
그대 향한 그리움

곱게 물든 꽃잎처럼
그대 모습 위에
한 아름
꽃으로 피어나는 향기

커피를 마신다
보고 싶은 마음과
간절한 그리움이
나를 채운다

이런 나에게
커피가
내 마음을 위로하는
애인이 되어준다

커피랑 그대랑

바람 따라 다가오는
그대 발걸음

오늘은
커피 내리는 소리에
발걸음 소리가 담겼다

그립다 보니
보고 싶다 보니
그런 것 같다

심쿵

달콤하다
그대가 가져온 향기
내 심장에 심쿵

바닷가에
부딪치는 파도처럼
내 마음속에도

철썩이며
향기만 뿌린다

속마음

장미꽃이 활짝 핀
오월의 어느날

마음속에 고이 간직한
내 마음을
찻잔 가득히 넣어
너에게 주고 싶은 시간

사랑한다는 표현 대신
향기 위에
사랑이란 이름만
수없이 써본다

그리운 만큼

커피 잔에서
피어오른 향기
눈물이 된다
비도 된다
그대 그리운 만큼

깊은 향기가
글쎄
나를
커피가 되게 한다

그대 생각에

비가 내린다
빗물이 고인 작은
웅덩이마다
둥근 원으로
그림을 그린다

우산을 받쳐들고
바라보고 있는 마음속에
그대 향한 그리움이
밀려온다

커피 생각!
그대 생각!

커피, 혹시 너도?

봄이
꽃향기 뿌려
바람을 피우더니

커피
너도 솔솔 향기 퍼뜨려
바람 피우니

밤새 머무는 그대가
　　창문을 두드린다
그대도

　커피 향기 그리운가?

5부

내 안의 그대를
만나기 위해

누구니?

향기로 다가와
내 마음 빼앗는

너는 도대체
누구니?

모닝커피

오늘은
그대 만나는 날

커피잔에
골목이 보인다

커피 향 같은 마음으로
마중 나간다

모닝커피2

잠에서 깨면
커피부터 찾는다

오늘은
달콤한 커피 믹스!
스푼으로 젓는다

미안해
미안해
보고 싶은 사람 대신
자기가 왔다며
커피가 말한다

괜찮아
괜찮아
네가 있어 행복하다며
살짜기 속삭인다

유혹에 빠지는 아침

한 번의 윙크로
아침부터 유혹하는
커피의 표정

커피 한 잔 들고 와서
마음을 사로잡은 그대

커피 속에
사랑 한 스푼
사랑 두 스푼
사랑 세 스푼

내 안의 그대를 만나기 위해
커피를 마신다
행복한 아침

당신

커피, 잔 사이에서
숨바꼭질하는 당신
향기를 건네주니
빙그레 웃는다

나도 웃는다
당신 사랑도
내 안에 들어와
함께 웃는다

커피의 유혹

어젯밤은
너로 인해 잠을 설쳤다
너의 유혹에 빠져
뿌리치지 못하고
너무 많이 마셨다

그래놓고
아침부터
또
너를 만나고 있다

그대랑 커피랑

종종 커피 생각에
하던 일 멈추고
커피를 탄다

종종 그대 생각에
하던 일 멈추고
또 커피를 탄다

커피를 만난다
그대를 만난다

지음(知音)

자기 지금 뭐해?
커피가 묻는다

마시고 싶지?
또 묻는다

피식 웃음이 나온다
족집게 너무 잘 맞춰

나도 모르게
놀라면서 웃는다

아침마다

커피 내리는 소리가
리듬을 타고
가슴 깊이 전해져 오며
부드러운 향기로 담긴다

답답한 가슴
흐르는 눈물
소리 없이 전하고
향기를 건넨다

너는 그렇게
매일 아침 나에게로 다가와
내 마음 흔들어 놓은 채
한없이 스며든다

커피로 여는 아침

커피!
참 좋다

아침마다 만나는
커피와 나의 만남

날마다
맛보는 행복
날마다
즐거운 행복

행복한 아침

커피에서
하얀 꽃이 핍니다
꽃은
커피 향기와 나란히 손잡고
나에게로 옵니다

한 잔의 커피에
나도 감동하고
햇살도 감동합니다

마음은 설레고
가슴은 콩닥콩닥
손에 잡은 커피 잔에서
기분 좋은 하루를 만납니다

커피 잔에 입맞춤합니다
너무 행복합니다
다시 한 모금 마십니다

알싸한 쓴맛이
피곤을 안고 갑니다
행복한 아침입니다

추석에

기름진 음식에
더부룩한
위

커피 한 잔에
달래며
피곤함도 잊는다

향기 따라 봄

커피 향기 따라
봄이 올 것만 같다

마음 찾아 온 봄 따라
커피 향이 물든 날

내 어머니 같은
내 오빠 같은
때로 나한테 없는 언니 같은

사랑 맛을 건네는
마음이 포근한
커피!

빛 구슬

이른 아침 덜 깬 잠을 안고
필터에 물을 붓는다

사랑 한 스푼 섞어 스위치를 켠다

뜨이지 않는 눈꺼풀
귓가에 들려오는

짜르르, 또르르
쪼르륵, 도르륵

커피가 나를 깨우고
투명한 물방울
빛 구슬 되고

향기는 쉼없는
그대 사랑
나를 부른다

추운 날

커피를 내리는 순간
그리움이 밀려온다
오늘은
마이너스 4도
찬 만큼
커피로
마음을 데운다
그대 생각으로 감싼다

함께 하는 오후

사랑 담고
미소 담고
행복을 담고
커피를 내린다

속 눈썹 위로
무겁게 내려앉던 피로가
커피 향에 담긴다

앉았던 피로가 달아난다
기분 좋은
오후!

오후의 행복

내 안에
줄지어 행진하는 봄꽃들이
바람결에 꽃향기 날리며
유혹하는 오후

커피 향기처럼
피어나는 나만의 행복
커피
다시 마셔야겠다

커피에 핀 꽃

향기가 걸어 나와
꽃을 피웁니다

나는
그런 꽃이 좋아
오늘 아침에도
그대에게 취합니다

커피 한 잔으로
시작된
아침의 행복

커피는 덤으로
행복을
담아서 줍니다

그대 생각하며

쓸쓸합니다
그래서
커피를 마셔봅니다
그래도
쓸쓸 합니다

한 번 더 마셔 봅니다
뭔가를 빠뜨린 것 같습니다
사랑이 그립습니다

그대 생각 넣고 마셔봅니다
아
바로
이 맛입니다

너

이른 아침
놀려온 커피 향기가
나를 깨운다

너를 그리워하며
마시는 커피
입가에 행복한 미소가 보인다

너
언제나 그리움에 달라붙어
매일 아침 나와 함께 한다

작은 행복

빛이 고운 아침
커피 잔에 핀 하얀 꽃
봄빛을 타고
일곱 빛깔 무지개 피었다

빨 주 노 초 파 남 보
나만의 행복

목마른 향기

커피 옆에 서고 보니
그리움 끝에
목마른 향기가 밀려온다

어제 내린 봄비 탓인가
이파리들 생동 하며
즐거워 깔깔거리고

바람에 밀려온 향기
내게 오던 걸음 멈추고
사라질까 봐

그래놓고
아침부터
　　또
너를 만나고 있다

6부

내가
그대인 줄 모르고

인심

커피 한잔 드실래요?

어디를 가도
언제부터인지
커피 인심 후하다

참 보기 좋다

세상이 추워도

추운 겨울
마음속까지 추운 날
한 잔의 커피가
온몸을 녹여주는
따스함
그리고 그대 사랑

빈 자리

아무에게 주기 싫어
그대 위한 자리
기다렸다가
꼭!
커피
너에게 내어 줄 거야

이웃

커피야
너
오늘
꽃 좀 피워 볼래?

다른 차 맛과 향기에
기 죽지 말고

비가 내리면

비가 내리면
따뜻한 커피가 생각나겠지?
내가
그대의 따뜻한 커피가
되어주고 싶어

우리 지금
입맞춤 해요

곧 추운 겨울이 올 건데

창 밖에 빗소리 들어 봐
마음이 머무는 곳
행복이 있는 곳이야

둥근 식탁 위에
지나간 시간을 차려놓고
향이 진한 찻잔에
따뜻한 가을 햇살 만들어 놓고
오늘 보낼 하루를 마셔보자

마신 커피가 까맣다고
마음도 까맣게 변하지 않을 거야
마음을 불러내어
뜨거운 꽃을 피워보자
곧 추운 겨울이 올 건데

약속

커피 향기가
유혹하는 아침입니다

커피, 잔에 눈을 맞추고
커피, 잔에 입을 맞추고
커피, 잔에
둘째 손가락 걸고
약속합니다

지금처럼 매일 만나 사랑하자고

연인 같은

커피가
혈관을 타고
말없이 스며드는 기분
연인 같은 느낌으로
그대 품에 안기는 기분

커피를 마신다
사랑을 마신다

사랑처럼

사랑을 하려면
맞는 사람 찾듯이
커피도
골라 마시지

좋은 사람을 만나면
행복해지듯
잘 만난 커피 한 잔
사람과 같아서

내가 먼저
커피가 되고
커피에 나를 맞춰
사랑처럼
사랑처럼

그래도 괜찮아

커피가
커피, 잔을 만나
사랑을 속삭이는 오후

서로
굳게 닫힌 마음을 열고
위로를 한다

마시다
시간이 지나면
식을 수 있고
식은 커피를 버릴 수도 있지만

그래도
커피로
좋은 생각할 수 있으니까
괜찮아

화요일 커피

왜
화났니?

화요일에는
화내지 말고 마시는 커피

커피 너야
그게 나고

바다를 기다리는 커피

바다가 묻는다
언제 오니?

앞에 온 나를 두고
다시 묻는다

언제 오니?

내가 그대인 줄 모르고
파도까지 철썩이며 묻는다

언제 오니?

그대 좋아하는 대로

커피에서
가을 향기가 난다

커피에서
매미 소리도 난다

아직은 여름인데
그대 좋아하는 가을이
가을로 만들었다

가을 생각하며
커피를 마셔야겠다

기다림

잠시
귀를 기울여 봐
음악이 흐르고 있어

잠시
입술을 대어 봐
만난 것처럼 행복해 질 테니까
보고 싶은 사람이
생각 날 테니까

이제
커피를 마셔 봐
기다리는 사람이
앞에 와 있을 테니까

그대랑

커피는
향기를 주지만
혼자 앉아
마시면 외롭다

그대랑 함께 마시며
머무는 곳마다
숨어있는 작은 행복을 느낀다

당신

커피 잔 사이에서
숨바꼭질하는
당신

향기를
주고받고
빙그레 웃는 모습

내 왼쪽 가슴에
도장을 찍는다

당신 사랑도
들어와 머문다

그대 앞에 서면

따르릉따르릉
잠을 깨우는 요란한 소리

그대가 그리운 아침
부스스한 머리에
거울도 보지 않은 채
커피부터 내린다

찻잔 속에 있는
잠에 젖은 내
눈언저리 위에
그대 입술이 포개어 온다

손으로 찻잔을 흔들어
내 모습 지운다
왜?
보고 실망할까 봐

그리움은 한 잔인데

그리움은 한 잔인데
마음은 두 잔이다

한 잔의 그리움에
두 잔의 마음을
더 큰 그리움으로
곱하고 더한다

커피!
너의 향기를
사랑하기 때문이란다

마음 도둑

커피 넌 뭐야
내가 묻고 있잖아

허락도 없이
스멀스멀 피어나는 향기로
온몸을 감싸 안고

너에게 마음을 빼앗기게 하니
내 마음은 둘이 아니고
하나뿐이란다

일관된 소녀의 감성으로
노래하는 원숙한 시인

이인환 (시인)

일관된 소녀의 감성으로
노래하는 원숙한 시인

1. 커피시인을 따라 커피인생을 반추하는 시인

> 내게
> 늘
> 힘이 되어주는
>
> 당신이 있어
> 행복합니다
> -'서시' 전문

좋았다. 시인의 시를 접하는 순간 이거야말로 소통과 힐링의 시의 전형이 아닐까 싶었다. 하지만 시인의 시를 접하고 이내 걱정이 앞섰다. 편편이 커피를 노래한 시를 보자마자 즉자적으로 인터넷에서 접했던 커피시인 윤보영이 떠올랐기 때문이다. 이미 커피를 테마로 자신의 영역을 개척한 시인이 있는데 그것을 따라 하는 것은 창의력을 생명보다 더 소중하게 여겨야 하는 시인에게 치명적인 결함으로 작용할 수밖에 없다.

단순히 모방을 넘어 자칫 표절이나 저작권 침해로 받아들여질 수도 있는 상황이었다. 적어도 내 상식으로는 그랬다. 그래서 시집 발간을 쉽게 결정할 수 없었다.

그렇습니다. 그런 것입니다. 지금처럼 일상을 있는 그대로 메모하고
마지막에 생각 한 줄 넣는 것!
그 생각은 반대로 가거나 더 강하게 나갈 수 있고 또 시치미를 떼거나
질문을 하면 되는 것!
- 커피시인 윤보영의 '추천사' 중에서

그런데 무심코 넘기는 원고 속에서 표절이나 저작권 침해를 걱정할 수밖에 없었던 커피시인 윤보영의 이름이 환하게 미소 짓고 있었다.

시인은 진심으로 커피를 좋아했고, 커피시를 사랑했기에, 윤보영 시인을 좋아했고, 윤보영의 시쓰기 공식을 전해 받아 시집 발간의 용기까지 낼 수 있었다고 한다. 그러고 보니 어느 새 60년의 지난한 세월을 커피와 시로 소통하고 힐링하며 소녀의 감수성을 잃지 않기 위해 노력해온 원숙한 여인의 진솔한 향기가 피어오르고 있었다. 커피를 떠나 생각할 수 없다는 시인의 한 생이 오롯이 살아오고 있었다.

빛이 고운 날
당신을 닮은
커피, 잔에 입맞춤합니다

당신을 닮은
커피 향기에 마음을 담습니다

커피도 좋지만
그만큼 당신도 좋으니까요
-'당신이 좋아요' 전문

시인에게 커피는 평생 뗄레야 뗄 수 없는 친구이자 애인이었고, 삶의 위안이자 영혼의 동반자였다고 한다. 시인은 어려서부터 수십 년 동안 커피에 대한 단상을 일기 형식으로 끊임없이 써왔는데, 3년 전에 인터넷을 통해 우연히 커피시를 접했고, 윤보영 시인을 알게 되었고, 그를 만나면서 지난했던 삶을 반추하며, 그를 따라 커피시를 쓰기 시작했다고 한다.

그러고 보니 시인의 시에는 시인만의 삶이 있었고, 시인만의 애환과 독자에게 던지는 메시지가 있었다. 그리고 무엇보다 따뜻한 사람들의 살아가는 이야기가 있었고, 그것을 바라보는 시인의 따뜻한 삶이 녹아 있었다.

오늘 아침
당신 사랑에
입맞춤합니다

한 잔의 커피를 타 놓고
그대 그리움을 보냅니다

그대 사랑

향기 따라 술술

-당신 사랑에 전문

2. 진정으로 커피를 사랑하며 함께 하는 시인

처음 시인을 만났을 때 참 곱게 자란 분이라는 생각을 했다. 올해 이순이라는 말이 믿기지 않을 정도로 동안이셨다. 더구나 시골에서 초6학년 때 처음 커피를 맛보셨다니, 귀한 집안에서 유복한 생활을 했을 거라는 선입견을 갖기에 충분했다. 그 당시 커피는 누구나 쉽게 접할 수 없는 귀한 기호식품이었다는 것을 잘 알고 있기 때문이다.

하지만 시인과 이야기를 나누며 나의 선입견이 어느 정도는 맞았지만, 큰 틀에서는 빗나간 것이 훨씬 많다는 것을 알 수 있었다.

3남1녀의 막내딸로 태어난 시인은 마침 호황을 누린 아버지의 목수일 덕분에 집안의 복을 몰고 왔다는 말을 들으며 가족의 사랑을 독차지했다고 한다. 그 후로 도시로 나와 사회생활을 하면서 시인은 힘들 때마다 커피로 위안을 삼았고, 부모님이 생각날 때마다 커피향에 취해 외로움을 달래며, 커피와 함께 하는 삶을 글로 써왔다고 한다.

그때의 글이 소녀의 감수성을 벗어나지 못한 낙서 수준이었다면, 지금은 윤보영 시인을 만나 어느 정도 시의 형식을 갖추게 되었다며 부끄

러워하는 시인의 모습이 오히려 아름답게 다가왔다.

참 좋다

너의 유혹에
나날이
행복이다
-'커피' 전문

초보시인들이 범하기 쉬운 잘못 중에 하나가 시의 본맛인 비유와 상
징을 통한 압축의 미를 살리지 못하고, 지나치게 상세하고 길게 쓰는 경
향을 보이는 것이다. 그런데 시인은 그렇지 않다. 구구절절이 설명하지
않는다. 짧은 글 속에서 '아!' 하고 뭔가를 느끼게 해주는 시의 참맛을 오
롯이 맛볼 수 있게 해준다.

우리 오늘
몇 번 만났지?

대답이 없다

뽀뽀는 몇 번이나 했을까?
한 번 더 묻는다

그저 말없이

158

향기만
보내는 그대
-「커피2」 전문

　요즘 젊은이들도 쉽게 표현하기 힘든 뽀뽀라는 말을 어쩌면 이렇게
자연스럽게 할 수 있을까? 시적 기교 중에 객관적 상관물이라는 장치가
있다. 내 마음을 직접 표현하기 힘든 것을 구체적인 자연물에 빗대어 표
현하는 기법이다. 시인은 커피라는 객관적 상관물을 통해 그 기법을 여
지없이 발휘하고 있다. 사랑하는 그대를 커피로 감정을 이입해서, 사랑
하는 이라면 얼마든지 자연스럽고 가장 달콤한 뽀뽀라는 말을 스스럼없
이 쓸 수 있는 것이다. 진정으로 커피를 사랑하고, 커피와 함께 해온 삶
이 녹아 있기에 그 표현이 마냥 아름답고 자연스럽게 다가온다.

　내 곁에
　서성거리고 있는 너
　어쩌면 좋을까

　미워할 수도 없고
　뿌리칠 수도 없고
　-「남녀의 향기」 중에서

　매서운 칼바람 불어와
　순식간에 내 얼굴 감싸더니

입술까지 훔치고 달아난다

손을 뻗어 잡아보려 애쓰지만
손가락 사이로 빠져나간
따뜻한 커피 한잔 들고
그대를 기다리는 마음
-'찬바람 속에 친구가' 중에서

사랑하는 사람은 행복하다. 언제나 밝은 표정이고, 온몸에는 주체할
수 없는 기쁨으로 충만해 있다. 그래서 사랑하는 사람 옆에 있으면 항상
긍정적인 기운을 느낄 수 있다. 실제로 시인 곁에 있으니까 나 또한 덩달
아 행복한 기운이 충만해지는 것을 느낄 수 있었다.

아울러 시인이 동안인 이유도 여기에 있지 않을까 하는 생각을 해보
았다. 항상 누군가를 사랑하는 것처럼 행복한 표정을 유지하다 보니 그
것이 동안으로 자리잡게 해준 것은 아닌가? 언제나 시인 곁에 머물러 준
커피에 대한 사랑의 힘이 동안의 근원은 아닌가 싶었다.

아침이 되면
커피 속에서
커피를 좋아하는 여인을 만난다

커피 속에
나를 담아 놓고

향을 느끼면서
그 여인과 사랑을 속삭인다
사랑한다고
사랑했다고
-'커피 여인' 전문

  아침이 행복한 사람은 하루가 행복할 확률이 높다. 아침이면 커피를
내리며 사랑을 속삭이는 시인의 하루가 어땠을지 짐작이 간다. 누군가
를 사랑하는 마음으로 하루는 여는 시인의 노래가 아름답게 들리는 이
유가 여기에 있다. 커피 여인이 되어 사랑을 속삭이며 아침을 여는 시인
의 삶을 이렇게 시를 통해 향유할 수 있다는 것은 독자들에게 정말 큰 행
복이다.

3. 소녀의 감수성으로 희망을 노래하는 시인

  소녀는 순수하다. 때 묻지 않는 눈으로 미지의 세계를 바라보기에 항
상 희망이 넘친다. 희망의 근본은 설렘이다. 소녀의 감수성은 세상을 긍
정적으로 밝혀주는 등불과 같다. 그런 점에서 시인은 환갑을 앞두고 있
으면서도 내밀한 곳에는 아직도 순수한 소녀의 감수성으로 충만해 있
고, 그 충만함이 세상을 밝히는 등불과 같은 아름답고 희망적인 시를 생
산해 내는 원천이 아닌가 싶다. 온갖 풍파를 겪었으면서도 전혀 고생한

티가 나지 않는 원숙한 여인의 모습으로 단아한 미소를 짓고 있는 시인의 삶을 지탱해주는 것은 아닌가 싶다.

> 갓 내린 원두 향기
> 온몸을 감싸안고
> 콩닥콩닥 뛰는 심장
> 내 마음 돌고 돌아
> 그대 심장까지
> - '콩닥콩닥' 전문

첫사랑과 함께 하며 첫사랑의 설렘을 계속 유지할 수 있다는 것은 행복이다. 하지만 첫사랑을 끝까지 이어가기란 정말 어렵다. 오죽하면 첫사랑이 아름다운 이유는 그것이 깨져서 기억 속에 환상으로 남아 있기 때문이라는 말도 있겠는가?

> 그저께 보고
> 어제 만나고
> 오늘 또 마주하고 있는 너
>
> 너는 첫사랑
> 시간이 지나도
> 언제나
> 나의 첫사랑
> - '첫사랑 커피' 전문

행복하기 때문에 웃는 것은 누구나 할 수 있다. 하지만 행복하지 않아도 웃음으로써 행복을 끌어 들이는 것은 오로지 긍정적인 사고를 가진 인간만이 의지로 해낼 수 있는 일이다.

마찬가지로 세상이 아름다워서 아름다운 시를 쓰는 것은 누구나 할 수 있는 일이다. 하지만 아름답지 않아도 아름다운 시를 씀으로써 아름다운 일을 끌어 들이는 것은 오로지 긍정적인 세계관을 가진 시인만이 의지로 해낼 수 있는 일이다.

연심 박순옥 시인의 시는 긍정적이고, 따뜻하고, 희망을 주고 있다. 세상이 아무리 힘들어도 커피 한 잔으로 훌훌 털고 희망을 노래하고 있다. 초지일관 첫사랑의 설렘과 순수함을 유지하고 있다.

커피야
너
오늘
꽃 좀 피워 볼래?

다른 차 맛과 향기에
기죽지 말고
-'아웃' 전문

시인에게 커피는 사랑하는 그대이기도 하지만, 때로는 자기 자신일 때가 많다. 스스로 독백하듯 삶의 결의를 다지고, 스스로 격려하며 세상을 향한 긍정적인 의지를 세울 때 독백을 들어주는 대상이기도 하다. 시인에게 소녀의 감수성을 지켜주는 수호신이기도 하다.

커피가 꽃을 피웁니다

산에도 피는 꽃
들에도 피는 꽃
길가에도 피는 꽃

모여 모여
내 안에
꽃밭을 만듭니다

그대 생각하며
마신 커피가
여기저기 꽃으로 핍니다

나를
꽃밭이게 합니다
- '꽃을 피우는 아침' 전문

어떻게 커피가 꽃을 피울 수 있겠는가? 커피와 함께 삶의 희망을 찾아 나가는 시인의 긍정적인 에너지가 꽃을 피우는 것이다. 세상을 소녀의 감수성으로 밝게 바라보는 시인의 심성이 스스로를 꽃밭으로 만들어가는 것이다. 소녀의 감수성으로 세상의 희망을 노래하는 시인의 의지가 세상을 아름답게 꽃피우는 것이다.

행복하고 싶으면 행복한 사람 곁에 있어야 한다. 행복한 사람 곁에 있으면 덩달아 행복해진다는 것은 두뇌학적으로도 증명이 되고 있다. 전문용어로 이것을 거울 뉴런 효과라 한다. 다른 사람의 일을 거울처럼 받아들인다고 해서 붙은 이름이다. 옆사람이 하품할 때 같이 하품이 나오고, 슬픈 영화를 볼 때 옆 친구가 울면 같이 눈물이 나고, 사랑하는 사람이 아프면 나도 그만큼 아픈 감정이 드는 이유가 여기에 있다.

커피가 어떨 때는
하얀 구름처럼
바람에 밀려간다

피어나는 하얀 향기가
바람 등 타고 날아가면
그 위에
나비가 앉는 것 같다

나는 꽃이 되고
커피는 꽃을 피우고
앉은 나비도
마냥 즐겁다
-'꽃' 전문

꽃은 거의 열흘을 넘기지 못한다. 그런데 시인의 가슴에 피어 있는 꽃은 '커피를 내리는 아침'이면 언제나 피어오른다. 그렇게 어려운 일도, 큰 돈이 드는 일도 아니다. 오로지 커피를 사랑하고, 세상을 밝게 바라보는 소녀의 감수성을 지키는 것으로 충분한 일이다.

좋은 사람을 가까이 하면 거울 뉴런이 나를 그 사람과 닮게 만든다. 마찬가지로 좋은 생각을 하면 거울 뉴런이 내가 한 좋은 생각대로 나의 삶을 이끌어 준다.

거울 뉴런의 효과를 누리기 위해서라도 이제 우리는 시인 곁에 머물러야 한다. 부산이 너무 멀다고? 그러면 어떤가? 이제 이렇게 생각나면 언제든지 펼쳐 들 수 있는 시인의 마음이 담긴 시집이 내 곁에 있는데….

4. 커피와 시로 소통과 힐링을 실천하는 시인

가끔
무서움이 엄습해 올 때는
커피로 용기를 얻는다

외로움이 밀려와도
커피를 마신다

슬플 때는
커피로

내 마음을 토닥토닥
-'응원군' 전문

　소통의 가장 큰 장애는 마음의 상처다. 심리학 용어로 트라우마라고
한다. 트라우마는 세상을 객관적으로 보는 눈을 잃게 한다. 그래서 남들
은 아무렇지 않게 하는 일이나 말에 상처를 받기 십상이고, 그렇게 받은
상처로 상대에게 상처를 주거나 자신만의 골방으로 숨어 들어 소통의
단절을 불러 오기도 한다.

　내가 '소통과 힐링의 시창작교실'을 강조하고, 이렇게 '소통과 힐링의 시
집'을 기획하고 발간하는 이유가 여기에 있다. 나는 그동안 평생학습 현장
에서 '소통과 힐링의 시창작교실'을 운영하면서 트라우마를 치유하는데
시가 특효약이라는 것을 수많은 교육생들과 함께 온몸으로 체감했다.

　트라우마의 치유는 표현에 있다. 작은 아픔이라도 마치 자신만이 갖
고 있는 아픔인양 숨기고 가슴에 꼭꼭 끌어안고 있으면 소통의 장애를
일으키거나, 무의식을 건드려 결정적인 순간에 자신도 모르는 큰 병으
로 터져나올 수 있다. 하지만 아무리 큰 아픔이라도 잘 표현해서 드러내
면 그것만으로도 큰 치유의 효과를 얻을 수 있고, 덤으로 나와 같은 아픔
을 가진 사람들을 만나면서 더불어 소통과 힐링의 기쁨을 누릴 수 있다.

　그래서 표현이 중요하다. 있는 그대로 표현해서 드러내놓고 보면 세
상 모든 사람이 다 비슷한 아픔을 갖고 살아간다는 것으로 위안으로 삼
을 수 있고, 비슷한 아픔을 가진 사람의 마음을 얻어 더 돈독한 인간관계

를 형성할 수 있다. 그래서 표현할 줄 알아야 한다.

커피 한 잔에
눈물이 담겼다
찻잔 속에 담긴 얼굴
삼십 년 지기
친구의
암 선고
내 눈물 담은 커피!
- '눈물' 전문

　누구나 말로 표현할 수 없는 아픔 하나씩은 다 가슴에 담고 있다. 그것을 어떻게 풀어 가느냐가 중요하다. 시인은 커피로 그 슬픔을 풀어가고 있다.

오늘
마시는 커피에서
그윽한 향기 대신
위대한 향기가 납니다

매일
마시는 커피가
쓰디쓴 맛을 남기고
다시 입안으로 올라옵니다.

그렇게
맛있던 커피가
오늘은 황홀한 슬픔으로
커피잔을 가득 채웁니다
-'위대한 눈물' 전문

  '암 선고 받은 사실을 숨기고 아들 결혼식 날에 눈물 흘리는 친구를 보고…'라는 창작노트를 보며 다시 한번 '여자는 약하지만 어머니는 강하다'는 말을 떠올려본다. 커피잔에 담긴 '황홀한 슬픔'은 친구만이 아니라 시인 자신이 여인이자 어머니로서 살아온 삶을 반추하는 표현일 수 있다. 극한 슬픔 속에서도 커피를 마시며, 그 슬픔을 아름다움으로 승화시켜 시로 표현하는 마음이 아름답게 다가온다. 시를 읽으며 마음의 위안을 얻는 참맛을 느끼게 해준다.

커피가 내려지는 소리가
리듬을 타고
가슴 깊이 전해져 오며
부드러운 향기를 남긴다
답답한 가슴
흐르는 눈물
소리 없이 전하고
향기로 적신다

너는 그렇게 나에게로

매일 아침 다가와
내 마음 흔들어 놓은 채
한없이 스며든다
-'커피 힐링' 전문

　시인의 시가 더 가슴에 와 닿는 것은 억지로 기교를 부린 시적 언어를 쓰는 것이 아니라 일상의 언어로 쉽게 풀어쓰기 때문이다. 솔직담백한 이런 표현은 눈물의 참맛을 느끼게 해주는 매력이 있다. 물론 일상의 언어로 너무 쉽게 썼다는 점 때문에 시적 완결성에 흠집을 잡는 이들도 있을지 모른다. 하지만 나는 설사 그런 결점이 있더라도 그것이 결코 시인이 갖고 있는 솔직담백함의 장점을 가릴 수 없다고 본다.

　시는 곧 시인이어야 한다. 누구에게 보여주는 쇼윈도의 화려한 수식이 아니라 있는 그대로 드러내며 이웃과 더불어 살아가는 희망을 주는 시인 자신의 삶이어야 한다. 소통과 힐링의 시가 갖는 최고의 장점이기도 하다.

　연심 박순옥 시인은 그것을 그대로 실천하고 있다. 일상의 친숙한 소재로 소통과 힐링의 시를 쓰며 자신만의 시세계를 펼쳐가는 시인의 시를 보고 아낌없는 찬사와 박수를 보내는 이유가 여기에 있다.

커피는
만나는 순간순간
근심을 지워준다

그대가 그렇다
함께 하는 그대가
그렇다
-'근심 지우기' 전문

아플 때는 누구나 부정적인 생각이 떠오른다. 그 부정적인 생각에 오래 머물다 보면 근심이 생기고, 본인은 물론 주변 사람을 힘들게 하고, 정도가 심하면 그것이 트라우마로 자리잡아 치유하기 힘든 큰 병을 불러올 수 있다. 따라서 평소에 아무리 힘들어도 얼른 긍정적인 생각으로 불러오게 만드는 매개체를 갖고 있는 것은 매우 중요하다. 시인에게는 그 매개체가 바로 커피와 시다. 커피와 시로 소통하고 힐링하며 세상을 아름답게 수놓은 시인의 삶이 아름답게 다가온다.

5. '처음처럼' 일관된 희망을 노래하는 시인

좋은 생각은 누구나 할 수 있다. 좋은 계획도 누구나 세울 수 있다. 문제는 그 생각을 어떻게 실행으로 옮기느냐는 것이다. 그래서 늘 '처음처럼' 할 수 있다면 그 방면에 최고가 될 수 있음은 물론이고, 뭔가 큰 깨달음을 이루는 경지에 오를 수 있다고 했다. '처음처럼' 마음을 유지하기 위해서는 그만큼 끈기와 인내가 필요하다.

수행하는 이들은 처음 먹었던 마음을 끝까지 유지하기 위해 매일 실천할 수 있는 자신만의 간단한 수행 방법을 선택한다. 새벽 기도를 빠지지 않는다든지, 하루도 거르지 않고 경전을 읽겠다든지, 자신만의 수행 방법을 선택해서 꾸준히 실행에 옮기는 노력을 한다. 형체 없는 마음은 잡기 힘드니까 그렇게라도 마음을 잡기 위해 뭔가 실행에 옮길 수 있는 작은 수행 방법을 선택하는 것이다.

> 이른 아침
> 놀러온 커피 향기가
> 나를 깨운다
>
> 너를 그리워하며
> 마시는 커피
> 입가에 행복한 미소가 보인다
>
> 너
> 언제나 그리움에 달라붙어
> 매일 아침 나와 함께 한다
> - '너' 전문

시인을 만나 이야기를 나누는 동안 어쩌면 시인에게 커피가 그런 수행의 도구가 아니었나 싶은 생각이 들었다. 시인은 매일 아침 커피를 내리면서 마음을 챙겼다. 아침에 내리는 커피 한 잔은 시인에게 하루도 빠지지 않고 참여하는 새벽기도와 같았다. 새벽 명상으로 하루를 밝게 열어주는 스승과도 같았다. 세상에 이보다 더 좋은 수행방법이 또 어디 있으랴!

누가 내 마음 속에
무상으로 집 한 채
지어준 적이 있었던가?

아무도
지어주지 않는 그런 집

매일 아침
만나는 커피라는 그대

찻잔 속에
모락모락 피어나는 향기가
집 한 채를 선물로 준다

내 마음이
쉴 수 있는
멋지고 편안한 집!
-'무상 집 한 채' 전문

백 평 집을 갖고 있는 사람은 백 평 지붕 속에 갇혀 살지만, 누구도 지어주지 않은 집 속에 사는 사람은 온 우주의 주인으로 살 수 있다. 커피는 시인에게 온 우주를 집으로 선물한 소중한 은인이다. 아니, 시인은 우리에게 커피 한 잔으로도 온 우주를 집으로 소유할 수 잇는 방법을 일깨워주는 우리 시대의 깨어있는 영혼의 스승이다.

검은 알갱이
곱게 갈아 컵에 넣고

투명한 얼음 동동 띄워
내 사랑 건네주니

그대 뜨겁게 타오른 마음
적당히 달래주는

고마운 얼음 커피
- '얼음 커피' 전문

때로는 들뜬 마음을 달래주고, 때로는 식은 열정을 일깨워주는 누군가를 가장 가까운 곳에 두고 있는 사람은 정말 행복한 사람이다. 시인은 우리에게 그것을 먼 곳에서 찾지 말고 커피와 같은 일상에서 찾으라고 일깨워주고 있다.

꽃 향기
커피 향기
그대 향기까지

봄인데
어쩌면 좋지?
-'봄날에' 전문

어쩌면 윤보영 시인도 이런 진실성을 알기에 흔쾌히 시인의 앞길에
축복을 내려 주었을 것이라 생각된다. 커피시인 윤보영을 따라 커피와
시로 소통과 힐링의 시세계를 펼쳐 보이는 연심 박순옥 시인이 '처음처
럼' 일관된 희망을 노래하는 시인으로 우리 곁에 오래 머물러 주었으면
하는 바람을 담아 본다.

밤새 머무는 그대가
창문을 두드린다
그대도

커피 향기 그리운가?
-'비' 전문

그것이 비가 되든, 바람이 되든, 달빛, 구름, 햇살이 되든 '처음처럼' 초
지일관 일편단심 희망의 향기를 풍기는 시인으로!

커피 내 사랑

초등학교 6학년 여름 방학 전입니다. 도시인 부산에 계신 큰오빠가 사각 봉지에 담긴 커피를 가져왔습니다. 풍로 불에 주전자를 올려 물을 끓이고 커피를 탈 때마다 풍겨오는 향기가 너무 좋았습니다. "어른이 되거든 실컷 마시라"는 어른들 말에 실망만 하다 집이 비어있는 날 몰래 탄 커피를 물마시듯 마셨던 황홀했던 기억이 새롭습니다.

저 역시 도시로 간 후로 커피를 마시는 즐거움, 커피 마시면서 느낀 행복한 이야기들을 틈틈이 적어 놓았지만 그 노트가 사라져 참 속상했습니다.

2013년 우연한 기회에 윤보영 시인님과 카스 친구가 되고 '커피 시'를 접하고, 저 역시 틈틈이 커피 시를 쓰기 시작했습니다. 2014. 6월에 커피에 얽힌 인연과 커피 시를 쓰게 된 동기 등을 윤보영 시인님의 〈한국디아스포〉 인터넷 생방송 '6월의 편지'라는 제목으로 전화 인터뷰도 하게 되었지요. 2015년 1월 영광도서에서 팬사인회를 하신다기에 얼른 가서 만났습니다.

이 자리에 오기까지 물심양면으로 도와주신 윤보영 시인님께 감사합니다.

커피를 사랑하는 모든 독자님들과 함께 할 수 있어 행복합니다. 사랑합니다.

부산에서 박순옥